ADRIANA KORTLANDT • MARCELO CAPUCCI • MARCOS LINHARES

MAYRA
E A FLORESTA VIVA

ILUSTRAÇÃO
ANDRÉ CERINO

Iª Edição

SÃO PAULO
2022

Mayra e a floresta viva
Copyright © 2022 — Adriana Kortlandt, Marcelo Capucci, Marcos Linhares
Direitos de Edição e Impressão — Trilha Educacional Editora

Autores: Adriana Kortlandt, Marcelo Capucci, Marcos Linhares
Ilustração: André Cerino
Capa: André Cerino
Editor: Luís Antonio Torelli
Diagramação: Luyse Costa
Projeto multimídia: Gustavo Cordeiro
Consultoria científica: Matheus Nishiyama Pedroca
Apresentador: Matheus Nishiyama
Direção Geral: Gustavo Cordeiro
Direção de vídeo: Cláudio Luiz de Oliveira
Câmera: Cláudio Luiz de Oliveira
Montagem e edição: André Camargo
Arte visual: Juliano Batalha sobre ilustrações de André Cerino
Produção: Tutano Estratégia e Performance

Dados Internacionais de Catalogação na Publicação (CIP)
(Câmara Brasileira do Livro, SP, Brasil)

Kortlandt, Adriana
  Mayra e a floresta viva / Adriana Kortlandt, Marcelo Capucci, Marcos Linhares ; ilustração André Cerino. -- 1. ed. -- São Paulo : Trilha Educacional, 2022.

  ISBN 978-65-87995-12-0

  1. Literatura infantojuvenil I. Capucci, Marcelo. II. Linhares, Marcos. III. Cerino, André. IV. Título.

22-110422   22-110422

Índices para catálogo sistemático:
1. Literatura infantil 028.5
2. Literatura infantojuvenil 028.5
Cibele Maria Dias - Bibliotecária - CRB-8/9427

Todos os direitos reservados. Nenhuma parte desta obra poderá ser reproduzida por fotocópia, microfilme, processo fotomecânico ou eletrônico sem permissão expressa dos autores.

Impresso no Brasil

Trilha Educacional Editora
Rua Augusta, 101— 10º andar — Sala 1018 — Consolação
01305-000 — São Paulo/SP — Brasil
Fone: 55 11 2171-1511
contato@trilhaeducacional.com.br

Para todas as pessoas que se engajam pela coexistência compassiva entre as diversas culturas desta terra.

Agradecimentos

Adriana Kortlandt

Agradeço de coração a Patrícia D'Alcântara pela amizade e pela presença luminosa neste livro, em nossas conversas e em minha vida. Agradeço também a Alain Grandin pela caminhada que fazemos de mãos dadas, pelo amor. A Marcos Linhares e Marcelo Capucci pelas ideias, e pela escrita coletiva. A Luís Torelli, Júlio e Dida, e à toda a equipe da Trilha Educacional Editora pela presença constante e encorajadora em todas as fases deste projeto.

Marcelo Capucci

Agradeço a Deus pela oportunidade de um contato tão estreito com a literatura. À minha família, principalmente Rosana e Pedro, sempre muito sensíveis às madrugadas e fuso horários da nossa produção. À minha mãe, meu pai, meus irmãos, amigos e companheiros da música pela motivação e impulsos criativos. Aos meus estudantes e colegas professores pelo exercício didático e dioturna academiscência. À Calidt Literária, ao André Cerino e ao Tagore Alegria pelo companheirismo e desejo de realizar. Agradeço especialmente à Trilha Educacional Editora, ao Torelli, ao Júlio e à Dida pela oportunidade de expansão do meu universo literário.

Marcos Linhares

Agradeço à Laíse Horácio pelo companheirismo de sempre, e à Renatinha pelo desafio de crescimento. Agradeço também à Adriana Kortlandt por ter compartilhado comigo os primeiros esboços do texto da Mayra, e ao Marcelo Capucci que integrou de forma tão intensa esta equipe, que passamos a chamar de Calidt Literária. A Luís Torelli, Júlio e Dida, e à toda a equipe da Trilha Educacional Editora pelo caminho que estamos fazendo juntos.

André Cerino

Agradeço aos autores de Mayra, à Trilha Educacional Editora pela bela parceria e especialmente ao Marcos Linhares pelo convite para ilustrar este livro.

Prefácio

Quando Adriana Kortlandt, Marcelo Capucci, Marcos Linhares e André Cerino, quatro vozes geniais da ficção, da palavra e da imagem, mergulharam nos segredos do Cerrado brasileiro para se conectar a vozes ancestrais, recebemos Mayra.

A personagem tem o mesmo nome do romance de Darcy Ribeiro, Maíra, como um título em forma de epígrafe. O convite a leitoras e leitores para entrar no mítico Jardim das Sapucaias dos povos ancestrais, lembra? O antropólogo nos disse.

A autora e os autores do texto de Mayra, entre a psicologia, a música e o jornalismo, sabem que seu instrumental amplo, mesclado à ficção, precisa segurar na mão de Aisha para conhecer os segredos de fantásticas árvores retorcidas, de terrenos, de latossolos, de cursos d'água que afloram de um profundo tão profundo quanto as dores de não conhecermos a terra em que crescemos.

Talvez ouvir uma canção da Legião Urbana ou da Plebe Rude, como o pai de Luana, seja imprescindível neste percurso, no fundo uma viagem dentro da gente. Talvez as ilustrações de André Cerino sejam o elemento que possibilita descobrir nesses não lugares, lugares possíveis, códigos, parlendas, evocações, pois encontrei nas texturas originais de seus desenhos a mesma natureza da casca poética das árvores daqui mesmo.

Encontrei na trama e na poesia de Adriana Kortlandt, Marcelo Capucci e Marcos Linhares outros horizontes, escassos nas sagas que li, os horizontes vindos do Mali, dos Kalunga, da Nação Bororo, um cenário que se expande em promessa de novas promessas.

Roger Mello
Escritor, dramaturgo e ilustrador

São Paulo
2 de abril de 2022

Prefácio dos autores

Somos três pessoas unidas pelo amor à literatura. Há tempos trocamos ideias sobre livros, filmes e roteiros que passeiam pelo nosso imaginário. Um dia decidimos dar vida a um desses sonhos e, quando vimos, já estávamos escrevendo o que se tornou a série infantojuvenil Mayra. Passamos a chamar o trio de CaLidT Literária, um acrônimo de nossos nomes: Marcelo Capucci, Marcos Linhares e Adriana Kortlandt. Nosso escritório de produção textual permanente objetiva gerar produtos múltiplos para literatura, televisão, cinema, teatro e streaming.

A partir de Mayra e a floresta viva, brilhantemente ilustrada por André Cerino, não paramos mais.

Para melhor interagir, ampliar, transformar e enriquecer os horizontes de expressão desta história acrescentamos ao texto QR Codes. Os vídeos aí apresentados têm a participação generosa de Matheus Nishiyama Pedroca, um professor de biologia que apresenta de forma lúdica e simples como duas vertentes do saber humano — as medicinas tradicional e acadêmica — podem se complementar de forma harmônica.

Adriana Kortlandt
Marcelo Capucci
Marcos Linhares

Brasília
25 de março de 2022

Sumário

Capítulo 1

A menina no meio da mata — 9

Capítulo 2

Plumas ilustradas — 15

Capítulo 3

Saber ancestral — 17

Capítulo 4

O lugar onde a gente nasce... — 23

Capítulo 5

Nem toda partida é definitiva — 27

Capítulo 6

Encontrar sem procurar — 31

Capítulo 7

As descobertas de Luana — 35

Capítulo 8

Feijoada do Cerrado — 39

Capítulo 9

Sinfonia do silêncio — 43

1 A menina no meio da mata

Configurações de velocidade… Onde será que eu acho essa função no meu celular, onde eu clico pra que o feriadão passe mais rápido? — Luana ria de si mesma por imaginar uma realidade em que um clique no celular pudesse determinar o ritmo da vida. A menina de treze anos, cabelos e olhos castanho-claros, óculos redondos (presente do pai de uma viagem ao exterior), era considerada "nerd" pelos colegas da escola. Sentada no banco detrás do carro, Luana de vez em quando se desconectava do celular e percebia a satisfação dos pais com a paisagem ficando cada vez mais verde.

Sérgio, o pai, de estatura mediana, olhos claros, musculoso, sempre gostou de jogar polo aquático nos clubes por onde passou. O problema era a pele: ou passava litros de filtro solar, ou vivia vermelho. Quase chegando aos cinquenta, Sérgio começou a ter uns probleminhas com os fios grisalhos. Se não fosse pelo apoio da mulher, talvez tivesse optado por pintar os cabelos. Simone, a mãe, quarenta anos recém-feitos, vivia prendendo os cabelos negros em um coque. Só que eles eram tão lisos que os elásticos escorriam com facilidade. De pele e olhos mais escuros do que os da filha e os do marido, ela se orgulhava quando Luana pedia suas roupas emprestadas, ou quando as pessoas perguntavam se eram irmãs. A filha não gostava muito disso. A mãe abria o maior sorriso: tanta ginástica compensava. Para a viagem, havia se equipado com maquiagem à prova d'água. Um pouco de vaidade toda mulher tem.

Sérgio e Simone estavam bem contentes com a pequena viagem, um contraponto à correria urbana e um presente para Luana, pela dedicação na escola. A adolescente não queria sair de casa, mas desejava agradar os pais.

— Olha só, agora vou sair da pista principal, pegar um atalho pela estrada de terra e entrar na mata. Vai sacudir um pouco, mas tudo certo! — disse o pai, Sérgio, animado com a aventura.

— Falta muito?

— Um pouco, filha, mas pode acreditar, essa região é toda linda. Primeiro fazemos um piquenique por lá, tomamos um bom banho de cachoeira, depois é que vamos para o hotel, um espetáculo de lugar, incrustado no meio da floresta — respondeu Simone, entusiasmada com o fim de semana prolongado.

Chegaram.

A cachoeira era linda, coisa de cinema, tanto que Luana ficou espantada. Tinha uma pequena praia de areia e algumas rochas planas, essas que oferecem um espaço

para a pessoa se deitar. Seria lá que a menina da cidade tomaria sol sem sujar seus pés com terra. Sérgio escolheu o lugar a dedo, porque queria que estivessem sozinhos, que curtissem a experiência da quietude, uma espécie de parênteses na vida corrida e barulhenta da cidade.

Nascido e criado em uma metrópole, ele mesmo tinha suas dificuldades com o campo. Porém, sabia o quanto era importante conhecer melhor a natureza, aprender a lidar com ela de outra forma que não fosse apenas consumindo como um produto. Esforçado na educação de sua filha, Sérgio pensava:

— Puxa, acho que talvez eu tenha de sensibilizar Luana pra algo novo. Ela só pensa em astrofísica, astronomia... E eu até gosto disso, mas um pouco de vida simples e perto do verde talvez pudesse aliviar um pouco essa busca desenfreada por mundos tão distantes.

Luana estendeu a toalha imensa sobre a rocha e ficou deitada tentando se conectar com suas redes sociais. Olhando para o lindo céu azul disse:

— Cara, não acredito que aqui não tem conexão!

— Sem chance! — comentou Sérgio enquanto procurava algo para comer na geladeira portátil.

— Quer uma salada de frutas? Eu mesmo fiz.

— Uau, pai... adoro!

Simone nadava feliz da vida no laguinho ao pé da cachoeira. Luana, que continuava procurando o sinal, gritou em direção a Simone:

— Mãe, sinceramente... Aqui é legal, mas é esse o presente que eu recebo por já ter passado de ano no terceiro bimestre? Um celular novo seria bem melhor...

— Heinn?! — perguntava Simone, fazendo sinal de que não escutava nada, por causa da cachoeira.

Tentando contemporizar o pai respondeu:

— Filhota... é só um fim de semana... você sabe como é a sua mãe, né?! Ela veio do interior, precisa de uma roça de vez em quando. E sabe que ela tem razão?! Olha eu: passei a vida na cidade grande, não sei distinguir alface de couve... Tô perdidinho aqui. Aí, eu respiro esse ar e sinto essa energia que sua mãe me ensinou a reconhecer. Não há como negar a importância dessa proximidade com a natureza. E depois, o fato de fazermos planos de comprar uma casa de campo aqui na região não quer dizer, de modo nenhum, que passaremos a morar aqui. Nossa vida é na cidade e seus estudos são prioridade para nós, não se preocupe.

— Ah, pai... é que... outra vez... se tivesse pelo menos sinal pro celular...

— Então tá… quer uma boa notícia? Olha as nuvens chegando. Tá com cara de chuva. E, a gente sabe, né… nunca se fica num lugar como este quando chove. Pode se formar uma **TROMBA D'ÁGUA*** na cabeceira do rio. Aí, com o declive do terreno, já viu, vem uma massa de água que pode até nos matar! Daqui a pouco a gente vai pro hotel. Vi no site que é tudo de bom, e tem um wifi maravilhoso.

— Viva! Vamos voltar pra civilização! — exclamou Luana, abrindo um sorriso.

Ambos riram. A manhã transcorreu sem grandes acontecimentos. Cada um vivendo sua vidinha: Simone catou pedrinhas, nadou, tomou sol, fez Yoga, comeu frutas. Sérgio passeou pela região, tirou fotos, escutou enfim um álbum inteiro da Legião Urbana no carro, lembrando os bons tempos. E Luana, bom… ela não saiu da toalha. De quando em vez, se distraía com as borboletas que pousavam por perto, tirava umas selfies.

Até que começou a chover. Simone e Sérgio se apressaram para guardar as coisas na sacola, recolher as latinhas, o plástico, enfim, levantar acampamento sem deixar sujeira nenhuma.

Vendo a movimentação dos pais, Luana disse:

— Vão pro carro que eu vou ali fazer xixi e volto já.

— Tá! — gritou Simone.

A chuva apertou super-rápido.

Levando consigo lencinhos higiênicos, calçando uma sandália de dedo, Luana desapareceu atrás das árvores. De repente, ela deu um grito agudo e forte.

— Aaaaaaaaaaiiiiiii!

Sérgio deixou as coisas caírem e correu em direção ao grito. Simone, que já estava no carro, veio logo em seguida.

— Filha, que foi? O que foi?

Luana tinha o rosto supercontraído. Voltou mancando, curvada, fazendo um torniquete com as mãos em volta da perna direita, que sangrava à altura do tornozelo. A chuva apertou e a menina aos berros.

— Cobra, cobra! Eu fui picada por uma cobra!

---

* O Código QR (QR-code) acima foi incorporado a este livro com o intuito de expandir suas possibilidades de interação. Toda vez que encontrá-lo:

1. Aponte a câmera de seu celular para ele;
2. Escolha a opção para abri-lo no navegador;
3. Em seguida, escolha o vídeo a que deseja assistir;
4. Aproveite o aprendizado

O pai respondeu atônito:

— Meu Deus! Não se mexa pra não fazer o sangue circular!

Sérgio pegou a filha no colo e a levou às pressas para o carro, enquanto Simone questionava, sem que o marido parasse de correr.

— Tem certeza que foi cobra? Corre, Sérgio! Ai, meu Deus!

Desesperada, Simone retirou o lenço do cabelo e o amarrou bem forte na perna da filha, logo acima da picada. Entraram no carro, a mãe foi atrás com a menina, apertando ainda mais a região do torniquete. Mal entraram, o primeiro clarão: um raio tão forte que parecia uma chuva de néons caiu bem pertinho. Todo mundo se encolheu, esperando um estrondo do tamanho do mundo. O trovão chegou dando a impressão de partir a Terra em dois:

Brrrr-boooom! Brrr-bummmm! Trommmm!Trommm!

Eram raios e trovões que não acabavam mais. Alguém havia desabotoado o céu. Só podia ser!

Na subida da encosta o carro começou a derrapar.

Simone, gritou:

— Sérgio, põe a tração nas quatro rodas, anda!

— Tô tentando, Mone. Tô tentando, mas não funciona! — respondeu no mesmo volume.

Luana, pálida, perguntou:

— Mãe, eu vou morrer?

— Que é isso, minha filha? Deus tá com a gente. Já, já a gente chega ao hospital — respondeu Simone tentando mascarar seu desespero.

Mais raios, mais trovões, mais chuva, daquelas de canivete. Nem o limpador de para-brisa dava conta...

— Caramba, o GPS não funciona! Pra que lado fica a estrada, Simone? — perguntou Sérgio, desorientado.

— Não sei, Sérgio. Acho que é pra lá! Vira à direita! — respondeu Simone, aflita, rezando para que fossem na direção certa.

— Meu Deus, meu Deus, meu Deus...

Em meio aos gritos e rezas dos pais, Luana disse:

— Mãe... tô com vontade de vomitar, tô tonta, minha cabeça está explodindo!

— Calma, minha filha. E, se tiver de vomitar, sem problema. Vai dar tudo certo, a gente tá a caminho.

Mesmo tentando se controlar, Simone, não resistiu:

— Pisa, Sérgio, pisaaaa! — disse Simone ainda mais forte para o marido, que retrucou:

— Calma, Simone, sem pânico! Quando se está com muita pressa é que se faz besteira ao volante. Até porque, sem GPS em um lugar desconhecido, o que fazer?

Foi aí, no meio do desespero, que ele viu uma menina, andando à beira da estradinha enlameada. O vestido azul colava no corpo de tão encharcado. Seus cabelos estavam trançados e presos em rabo de cavalo. Ela carregava um cesto cheio de folhagens. Sérgio, abrindo a janela, berrou:

— Por favor, pelo amor de Deus, como é que eu pego a estrada pra cidade? Preciso de um hospital, urgente! Minha filha foi picada por uma cobra!

A pedestre respondeu rapidamente:

— Deixa eu entrar que eu te levo!

No carro, sentada no banco do passageiro, a menina dava as coordenadas com muita assertividade:

— Vira aqui! — orientou ela.

— Aqui? Vai mais pro mato ainda, tem certeza? — retrucou Sérgio, desatinado.

— Entra aqui! Faz o que eu tô dizendo. Estamos indo pra casa da minha avó, que sabe como curar. Se não, pode não dar tempo. — A menina falava de um jeito tão firme que Sérgio obedeceu. Luana tremia, não conseguia se controlar. Simone abraçava a menina inteira como se ela fosse um bebezinho, chorava e rezava baixinho:

— Meu Deus, vem com a gente, abra os caminhos, proteja a nossa filha...

Derrapando e girando o volante para a esquerda e para a direita, Sérgio conseguiu manter o controle da direção. Chegaram a uma casa de taipa.

— É aqui? — berraram os pais de Luana.

Sem responder, a menina saltou do carro e começou a gritar pela avó.

— Vó! Vó! Corre que a moça foi picada por uma cobra!

2 Plumas ilustradas

A porta se abriu e uma senhorinha, estatura baixa, magra, veio em direção ao carro fazendo sinais para que entrassem. Aisha se aproximou, ajeitando o turbante colorido. Vestia uma camiseta ocre e uma saia de chitão florida. Ajeitou os grandes óculos de armação preta e foi em direção a Luana, tocando-lhe a testa com as mãos vigorosas e delicadas ao mesmo tempo.

A menina que indicou o caminho não perdeu tempo: entrou em casa e foi em direção às prateleiras da cozinha pegar as ervas que poderiam ser utilizadas pela avó.

Sérgio, que carregava a filha enquanto Aisha já tinha começado a diagnosticar o estado geral da menina, entrou correndo, colocando-a em cima da mesa, como a anciã orientou. Simone e a menina que havia mostrado o caminho também entraram e acompanharam a ação.

Luana desfalecia enquanto se sentia sacolejar pelo pai, que berrava coisas do tipo:
— Abre os olhos, filha. Você tem de ficar acordada. Olha pra mim, não dorme, não dorme, você pode delirar, entrar em coma. Veneno faz isso. Fica aqui com a gente!

Esforçando-se para fazer o que o pai dizia, Luana viu tudo escurecer à sua volta, um pouco por causa da penumbra da casa, um pouco devido ao seu estado, semiconsciente.

E foi aí, em pleno caos, que ela teve uma espécie de visão: plumas, muitas plumas começaram a voar perto dela. Por entre elas, uma jovem se movimentava, como se voasse, e lançava as suas tranças de rainha africana pelos ares. Seu olhar era penetrante e doce ao mesmo tempo, e se dirigia firmemente para ela. Cada pluma expunha (como tatuadas entre seus fios flutuantes) imagens de folhas, raízes, caules, todas se parecendo com traçados em alto relevo ou 3D.

Em meio à dor, como se estivesse em outro mundo, Luana se encantou com a visão das plumas, fazendo gestos com as mãos para pegá-las. Esforçando-se para entender o que via, ela conseguiu identificar desenhos feitos a lápis em pedaços de papel de embrulho, de cartolina, de vários tamanhos. Alguns eram coloridos. "Tô delirando, mas tenho de ficar acordada." — pensava ela, com os olhos esbugalhados, procurando seus pais. Até que sentiu seu corpo ser colocado em cima de uma mesa.

Lá fora, o vento corria forte, começando a afastar as pesadas nuvens que ainda insistiam em encharcar a região. Por entre elas, alguns raios de sol penetravam pelas janelas de madeira e tramela, riscando a sala com luzes e fazendo reluzir as "plumas ilustradas" diante dos seus olhos.

Luana ainda conseguiu ouvir vozes que pareciam distantes. Duas delas eram de seus pais, isso ela tinha certeza. De repente, deitada na mesa, sentiu uma mão de aço apertar sua perna.

3 Saber ancestral

A casa também tinha prateleiras por todo lado, com uma gama de vasos com pequenas ervas, potes de barro, garrafas cheias de raízes, como se fosse um herbário. O interior da casa, o quintal, a horta e a floresta eram quase um corpo só, ligados pelo chão de terra. Até as paredes que separavam os ambientes interno e externo eram de madeira e barro. Toda sorte de elementos da natureza compunha aquele cenário onde as plantas eram as protagonistas.

A neta de Aisha abriu um armário, tirou garrafas com raízes e plantas e colocou-as perto da avó. A senhora cortou o torniquete improvisado que tinha sido amarrado pela mãe, levantou a perna de Luana a um ângulo de mais ou menos 45 ° e lavou a ferida com água e sabão. Depois, observou atentamente o edema e a marca deixada pela presa da cobra. A menina urrava de dor.

Olhando fixamente a cena, paralisados, Sérgio e Simone se abraçavam, ajudando-se a ficar de pé, enquanto ouviam a senhorinha repetir para Luana.

— Você vai ficar boa, viu, menina. Vai ficar boa! — Olhando para a neta, Aisha disse:

— Mayra, pegue casca de muúba. Tá naquele pote ali, o maior. Faça o chá. Beeem forte. Faça infusão! Enquanto a água ferve vá lá no jardim, pegue o batatão e rale. Coloque na tigela, amasse bem amassadinho. Corra, menina!

— Tá vó! — respondeu Mayra, enfiando-se no jardim da casa.

Voltou com um enorme tubérculo, bem parecido com uma batata. Fez como a avó havia mandado. Depois de alguns minutos na cozinha, trouxe uma tigela cheia de raiz ralada. A anciã pôs a tigela em cima de um banquinho previamente colocado por Mayra. Ainda segurando a perna com a mão, disse:

— Agora traga o chá de muúba, que ela tem de beber. Quanto mais cedo, melhor.

Minutos depois, Mayra trouxe uma tigela com o chá concentrado. A avó deu de beber a Luana. Enquanto pegava o pano para enfaixar seu tornozelo, começou a explicar pedagogicamente o que fazia para os perplexos e assustados pais da menina. Era uma forma de mostrar a eles que sabia muito bem o que estava fazendo e, assim, acalmá-los um pouco.

— Estão vendo essa garrafinha aqui, com o chá? Ela se chama erva-de-bugre, eu tô usando agora pra também limpar a ferida, com um pouco de algodão. A Mayra trouxe raiz ralada. A gente fala batatão, que é mais fácil. Mas o nome da planta é surucuína, viu?! Pode ser aplicada como um pó da planta desidratada ou na forma de chá. Depois eu uso esta hortaliça aqui em toda a região, em volta da ferida. O nome dela é **JAMBU**, é anestésico. Por último vou colocar o batatão bem em cima da ferida, que nem emplastro, e enfaixar bastante.

Os pais de Luana não paravam de chorar e murmurar orações bem baixinho.

— Rezar é bom. Traz cura. Qual é o nome da menina? — perguntou a anciã raizeira.

— Luana — respondeu a mãe com voz trêmula.

— E o seu?

— Aisha — disse a mulher enquanto pegava várias plantas, fazendo um buquê.

— Eu também vou rezar pra ela — emendou Aisha —, e pra cobra, que também teve muito medo dela, por isso a atacou.

— Eu sou a mãe, Simone. Este é o Sérgio, o pai.

Aisha fez um cumprimento com a cabeça, e continuou seu trabalho, desta vez andando em volta de Luana, cantando baixinho, passando o ramo em volta dela, fazendo movimentos, como se mandasse algo invisível para o espaço. Luana começou a relaxar. O rosto foi perdendo aquela expressão de dor. Olhando firme a doente, mas sem perder o foco no que fazia, Aisha disse:

— Não pode dormir agora não, viu Luana. Agora a gente vai te acomodar aqui no sofá da sala, assim fica mais fácil de cuidar, fazer o curativo. Eu e a Mayra é que vamos ficar com você a noite toda, trocar as ataduras, o emplastro do batatão, ver se está tudo certo.

— Está certo, dona Aisha — respondeu Luana.

— Mas dona Aisha, se a senhora mostrar como faz, a gente pode se revezar. Não acredito que Sérgio e eu vamos pregar o olho. E assim vocês não se cansam tanto.

— De jeito nenhum. Tem de ter experiência pra fazer isso, saber reconhecer o que tá acontecendo. Ainda tem muito trabalho pela frente. Eu não saio de perto dela. Nem eu, nem Mayra. Vamos passar a noite cuidando, trocando as compressas e rezando. Eu não preciso de muito sono. Durmo bem pouquinho. E depois, eu tô acostumada. Faço as minhas garrafadas de noite. Mayra pode dar uma cochilada. Não tem problema.

— Está certo, dona Aisha. Não sei nem o que dizer. A gente agradece de coração — disse Sérgio.

Aisha continuou a explicação:

— Eu cuido da Luana, e não vou deixar que ela adormeça profundamente. Vocês podem ficar no nosso quarto, no fim do corredor, à direita. A porta da esquerda é a do banheiro. Mayra vai poder descansar nesse primeiro quartinho ao lado, lá tem um sofá. Se eu precisar de ajuda, chamo minha neta que conhece bem o tratamento, ela me ajuda sempre. Repara não. A casa é pobre, mas acolhe todo mundo. Amanhã a filha de vocês estará melhor. Mas vai precisar ficar uns dias aqui, sem se mexer muito, até o vermelhão da perna passar — instruiu Aisha.

— Dona Aisha, se a chuva parar, ou no mais tardar amanhã, a gente corre com ela pra um hospital — retrucou Sérgio.

— Não. Ela fica e eu termino o meu trabalho — determinou Aisha, irredutível.

Simone se intrometeu na conversa e delicadamente sentenciou:

— Dona Aisha, veja bem… A gente vê claramente que a senhora sabe o que está fazendo. Eu também venho do interior e já vi coisas assim, só que no hospital é mais seguro e vamos levar a nossa filha para a cidade o mais rápido possível. E não tem discussão.

Sérgio confirmou o que Simone disse, fazendo que sim com a cabeça.

— Mas ela pode ter uma piora, e é bom… — dizia Aisha com firmeza quando foi interrompida por Sérgio:

— Obrigado, mas já está decidido! — afirmou ele, encerrando a conversa.

O clima ficou bem tenso. Sem opção, Aisha concentrou-se em fazer o máximo possível para continuar o tratamento. Acrescentou jambu na região da ferida e terminou de enfaixá-la. Depois, abrindo potes e mais potes contendo raízes e folhas, fez uma seleção de chás. Assim, os pais levariam consigo as misturas mais eficazes contra o veneno, teriam como limpá-la a cada troca de ataduras e aliviar a dor.

Simone se distanciou um pouco da filha, indo em direção à porta, como se quisesse chorar baixinho. Sérgio foi junto e a abraçou.

— Se a nossa filha morrer acho que vou junto. Eu que venho do interior, como é que fui deixar a minha filha entrar na mata calçando umas sandálias de dedo? Nunca vou me perdoar! — Contendo-se para não explodir em um choro alto, Simone confessou para o marido, a culpa que carregava. Percebendo o estado dos dois Aisha chegou perto e disse:

— Não tenham medo. Fiquem tranquilos. Já cuidei de muitas pessoas. Eu vou preparar o bornal pra quando decidirem partir.

A raizeira preparou um bornalzinho com muúba ralada, saquinhos com compostos de ervas e frascos com sumo do talo de canarana, entregando aos pais os preciosos antídotos contra picada de cobras. Os dois choravam e ocultavam o rosto entre as mãos, como fazem as crianças quando querem se esconder.

Olhando os pais, nos olhos, Aisha os tranquilizou:

— A menina vai sobreviver. Picada de cobra é algo muito comum por aqui. É grave, mas nós lidamos com isso de maneira séria. Já perdi as contas de quantas vezes não só salvei, mas também ensinei a tratarem dessas picadas, para que a morte não levasse mais gente ainda. E minha mãe tratou de mim do mesmo jeito que estou cuidando da Luana. A natureza é poderosa. Agora prestem atenção, que este bornal é pra vocês. — Aisha começou a mostrar seu conteúdo:

— Neste potinho aqui tem o jambu, anestésico. Neste, a erva-de-bugre, pra limpar. Usar só água e sabão também é possível. O batatão ralado é pra trocar com a atadura, a cada duas horas. O sumo de canarana é pra beber de golinho, o tempo todo. Mas é golinho bem pequenininho. Está aqui neste saquinho. Vocês devem fazer chá e dar de beber, como se fosse água.

Colocando o bornal em cima da mesa, Aisha disse:

— Aqui está, preparadinho pra viagem. É bom levar, viu?

Virando-se para a neta, Aisha pediu:

— Mayra, quando terminar, vai lá pro nosso quarto me ajudar com as camas, tá minha flor?

— Tá, vó.

— Dona Aisha, não se incomode, isso a gente pode fazer — esclareceu Simone.

— Com certeza! — completou Sérgio.

— Não se preocupem. O dia foi muito difícil, vocês têm de descansar! A gente vai deixar vocês a sós um pouquinho, enquanto arrumamos o quarto. É bom pra família, né?

Aisha foi para o quarto. Depois de ter dado um nozinho de leve com as pontas das ataduras, Mayra a seguiu. A sala e a cozinha eram um cômodo só. Os dois quartos ficavam à direita de quem entrava. À esquerda, o banheiro.

Na sala, Simone abraçou o marido, que parecia de ferro, de tão tenso.

— Amor, vai ficar tudo bem.

— Tá certo, Mone, tá certo.

Simone e Sérgio dormiriam no quarto de Aisha e Mayra. As duas camas de solteiro foram unidas e, por via das dúvidas, já que à noite a temperatura baixava bem, Aisha estendeu o cobertor mais grosso que tinha sobre os lençóis, que exalavam um discreto perfume de alfazema. Mayra colocou uma bandeja com uma moringa de água fresca e dois copos em cima da mesinha de cabeceira.

Assim que o casal foi acomodado, avó e neta começaram a preparar o segundo quarto. Aquele não era propriamente um quarto de dormir, mas uma continuação do "herbário".

Como não havia mais espaço na sala, Aisha guardava o restante de seus utensílios no quartinho, assim ele era chamado. No canto perto da janela havia um sofá-cama que era meio emperrado para abrir, mas bem confortável. Lá Mayra poderia repousar quando Aisha não precisasse dela. E, se Aisha quisesse esticar as pernas, também.

Pouco a pouco a casa silenciou.

Certificando-se de que Luana estava bem, Aisha virou-se para a neta, deu-lhe um beijo, dizendo:

— Minha flor, você já me ajudou muito. Vai dormir um pouco, vai. Se eu precisar, te chamo.

— Tá bom, vó. Vou sim. Tô morta de sono. Bença.

— Deus te abençoe!

Era noite alta quando Aisha começou a reza por Luana, por seus pais, pela cobra, por ela, por sua neta, por tudo. Uma de suas mãos segurava um ramalhete com algumas ervas e com ele a anciã andava em volta de Luana, fazendo repetidas vezes o sinal da cruz. Depois, concentrava-se na região da ferida com delicados movimentos em círculo ascendente. A reza era em voz baixa. De vez em quando Luana abria os olhos, murmurava uma ou outra palavra, abria um sorriso discreto e voltava a dormitar. Por várias vezes Aisha repetiu o ritual, mas foi interrompida por um som conhecido: os discretos gemidos de Mayra, vindos do quartinho. Aisha tocou na fronte de Luana, verificando a temperatura, observou o estado de relaxamento da testa da menina, um ótimo indício de que estaria repousando. Estava tudo bem. Ela podia se afastar e ver a neta. Mas antes conversou com sua paciente:

— Tá tudo bem Luana?

— Tá.

— Vou ali e já volto.

— Ok.

Levantou-se e foi em direção ao quartinho enquanto pensava: o pesadelo voltou.

4 O lugar onde a gente nasce...

Mayra, o que foi? Tá tendo um pesadelo?
Delicadamente, Aisha deu umas sacudidelas no braço de Mayra, que acordou. Olhando à sua volta, tentando se situar no tempo e no espaço, respondeu, ainda turva de sono:

— Vó, ele voltou.

— Ele quem, Mayra?

— O Traoré.

— Ah… ele de novo. Não é nada, meu amor. — Aisha sentou-se na beirada do sofá e acendeu a luz do pequeno abajur que estava em cima de um banquinho. Começou a acariciar a cabeça da neta, cantarolando uma antiga canção de ninar, a preferida desde a sua infância. Vagarosamente a menina deitou a cabeça em seu colo e se enroscou à sua volta que nem um caracolzinho.

Ainda perdida entre sonho e realidade, Mayra sentia os dedos de Aisha deslizarem entre seus cabelos, fazerem ziguezagues pela testa, bochecha, até chegarem ao queixo, para depois começarem de novo. Isso sempre acalmou a menina, que de tempos em tempos tinha o mesmo sonho: um ancião sorria para ela e fazia menção de lhe entregar alguma coisa escondida em sua mão.

Mayra então, começava a se revirar na cama, chamando a avó, que acordava e vinha acolher a neta. O sonho não vinha o tempo todo, mas o suficiente para intrigar a avó, que ainda relutava em contar a Mayra um pouco mais de sua história, origens, trajetória ancestral e, quem sabe, até lhe revelar um pouco mais sobre o mundo invisível, fundamento da cultura de seus ancestrais.

— Mayra, minha flor. Quem sabe ele não quer te dar um presente?

— Mas vó, eu nem conheço o Traoré! Aqui em Rio Manso não tem ninguém com esse nome! Nunca nem sonhei com meu pai... Como vou aceitar coisas de um estranho?

— Meu amor, isso é um sonho. Os sonhos são assim, eles falam através de coisas e pessoas que a nossa imaginação inventa.

Mayra silenciou. Ela não sabia o que fazer com essa informação que tocou fundo em sua alma.

— Vó, precisa de ajuda com a Luana?

— Não, flor. Tá tudo certo. Ela está reagindo bem.

— Vó...

— Que foi?

— O Traoré vem de longe, muito longe. Da outra vez ele me falou o nome dele. Dessa vez ele me falou isso, que veio de longe.

— De onde vem o Traoré, Mayra?

— Lá da África, que nem aquela história que você sempre contou.

— Ele te disse?

— Dizer com palavras, não. Mas eu sei. Ele falou sem falar, e eu entendi. Conta de novo aquela história pra mim?

— De novo? Mayra, eu preciso ver como a Luana está.

— Tá. Mas, se der, volta e me conta de novo?

— Tá certo. Tá com frio? Quer mais um cobertor?

— Não. Tá bom assim. Eu queria sempre dormir juntinho da senhora.

— Mas você vai fazer treze anos. Não acha que já tá grandinha demais pra isso?

— Não!

Aisha deu uma risada baixinho, saiu do quarto e foi ver como estava Luana. Já era hora de mais um gole do sumo de canarana. Luana bebeu no automático, sem abrir os olhos. Vendo que tudo estava em ordem com a menina a anciã voltou para Mayra, continuou os ziguezagues pelos cabelos e começou a contação:

— Eu nasci muito tempo atrás, muito tempo. Em minha terra dizemos "noite dos tempos". Eu nasci na noite dos tempos. Meu mundo é muito antigo. É a África de onde vêm meus pais, avós, toda gente antes de mim.

— Antes de o mundo existir tinha um Ser que criou tudo. Ele criou o Sol e a Lua, que tinham a forma de grandes moringas. O sol é branco, quente e tem oito anéis de cobre vermelho. A lua tem a mesma forma e também é cercada de anéis, só que de cobre branco. Continuando a criação, ele pegou um punhado de lindas pedras e jogou para o espaço. Foi assim que nasceram as estrelas. Chegou a vez da Terra: moldando o barro com as mãos. Ele fez um bolinho com a massa e jogou para o céu, como fez com as estrelas. Nessa hora, a Terra se formou com o norte no topo e o resto se espalhou pelo mundo, que nem gente deitada, olhando o céu. Foi aí, minha neta, que a vida começou a dar de tudo, de um lado para o outro, para cima e para baixo, no seco e nas águas, bastava abrir os olhos e ver a fartura.

— Sabe, Mayra, a gente perdeu tudo. É duro ser filho de escravizado. A gente sempre vai lembrar dessa história. Dessa e de muitas outras. O povo africano tem a sua história. E somos fortes...

Quando Aisha percebeu, Mayra já dormia profundamente. Em uma das mãos ela segurava uma pequena boneca de pano, com cabelos trançados e vestido longo. Seu par, um simpático rapaz de chapéu de palha, bigode e calça comprida, tinha caído no chão. A avó o pegou e o colocou entre os dedos da neta que, sem acordar, fechou a mão instintivamente.

Com cuidado e leveza, Aisha levantou a cabeça de Mayra que, até então, deitava sobre seu colo. Pousou-a como uma pluma sobre o travesseiro, cobriu a neta e saiu do quarto pé ante pé.

Curiosamente, sempre que Aisha narra essa história ela se emociona. Algo por dentro acorda: estrelas, planetas, visões e paisagens que Aisha nunca viu, só dentro dela. Mas elas são tão vivas, tão lindas, que a anciã deixa o filme passar e passar de novo. Dá uma saudade gostosa de um mundo que ela não conhece, mas que a habita.

Passando cuidadosamente pela sala, Aisha saiu da casa. Foi para o jardim, ver a lua cheia. Olhando para cima, perdida na imensidão da Via Láctea, adornada pelo barulho dos grilos, dos animais noturnos e da brisa, Aisha continuou a contação para si mesma:

— A história que vou contar dá testemunho disso. Ela foi guardada por negros que, fugindo dos castigos, criaram os quilombos. Eles fugiram pro mais longe possível e fundaram pequenas cidades, pra viver com suas rezas, costumes e tradições. A gente arou a terra, plantou, praticou a medicina das ervas, rezou para os deuses da África. Esse saber ainda vive graças a cada quilombola, que nunca perdeu a fé em si e na força de sua raça. A nossa voz não se cala. Eu sou testemunha disso, e um dia você vai ser também, Mayra.

Aisha andava para lá e para cá, mas se mantinha perto da casa. Talvez Luana precisasse dela. A senhora estava tão imersa em seu mundo que nem percebeu que era observada. Da soleira, enrolada em uma manta de crochê, Simone a admirava com profunda ternura. Os dois olhares se cruzaram, Aisha se assustou. Falando baixo para não incomodar sua filha, Simone saiu e disse:

— Desculpe, dona Aisha, eu devia ter indicado que estava aqui. É que a senhora estava tão concentrada, tão dentro do seu mundo, que eu nem tive coragem de me mexer. Acho que nem respirei — disse Simone abrindo um sorriso.

— Tem problema não, filha. Eita… repara não, na minha família as mais velhas sempre chamam as mais novas de filha. Eu me vigio pra não chamar a Mayra de filha, que é pra não confundir a cabeça da menina. Ela é neta!

— E a mãe dela? Isto é… se não for intromissão…

— É não. A mãe dela, Dandara, já se foi. Eu é que criei Mayra, desde bebezinha.

— Nossa, sinto muito.

— Ela tá nesse céu maravilhoso, junto da família que veio antes da gente. Não pode estar melhor.

— É… — completou Simone, um pouco sem graça, sem saber se tinha sido indiscreta.

— Dona Aisha, essa história que a senhora estava contando, era dos seus ancestrais?

— Era! Sabe, dona Simone, a gente que cresceu no quilombo gosta é disso: de contar histórias. Os mais velhos contam para os mais novinhos, a gente sempre tem uma história pra contar. Cada geração conta pra outra. Tudo que eu sei da minha família, até do tempo dos africanos escravizados, eu sei porque meus pais me contavam, meus avós também.

— Puxa, dona Aisha, impressionante. Sabe, quando eu vejo a senhora, a Mayra, essa casa tão gostosa, as plantas, eu me lembro da minha infância, lá no Tocantins. Eu venho de lá, de uma fazendinha perto de Miracema.

— Não tem saudade? O lugar que a gente nasce nunca sai da gente!

— Tenho, muita!

— E não quer voltar?

— Eu trabalho na cidade, Sérgio também. Aliás, ele é completamente urbano. A Luana quer fazer faculdade. Enfim, toda minha vida acontece na cidade grande. Sempre que posso volto pra fazenda, visito minha família, respiro aquele ar maravilhoso. Mas a senhora tem razão, o lugar de origem é superimportante. Estou precisando cuidar mais dele.

— Agora, dona Simone, a senhora vai tratar de cuidar da senhora e descansar. Quer um chazinho de camomila, de erva-cidreira?

— Aceito, de camomila. Obrigada. Mas eu estava acordada mesmo. Fui pra sala ficar um pouco com a Luana. Aí vi a senhora aqui fora. Posso ficar lá dentro com vocês?

— Claro que pode. Eu dou sempre uma cutucadinha nela, pra ter sono leve, não é bom cair no sono pesado.

As duas entraram.

Aisha serviu chá em uma xícara de barro para Simone, que, sentada ao lado da filha, lhe acariciava a testa delicadamente. Luana, abriu os olhos sonolenta, sorriu para a mãe e adormeceu.

Poucos minutos depois, Simone foi até Aisha que, silenciosamente, começava a colocar as ervas, garrafas e faixas em cima da mesa. Daqui a pouco deveria acordar Luana de novo para mais uma limpeza e troca de curativo. Tudo deveria estar pronto e ao alcance de suas mãos.

Chegando pertinho da anciã raizeira, Simone sussurrou, olhando para ela e para o ramalhete em cima da mesa:

— Dona Aisha, a senhora pode me benzer também?

— Ô minha filha, claro! Me dá uns cinco minutinhos, tá?

— Com certeza!

Aisha terminou de ralar mais batatão, lavou as mãos, pegou o buquê de ervas e, de frente para Simone, as duas em pé, começou a benzeção.

5 Nem toda partida é definitiva

Na manhã seguinte, bem cedo, todos estavam de pé. Enquanto Sérgio e Simone arrumavam a cama, foram surpreendidos pelo cheiro delicioso de café, feito por Mayra no coador de pano. Aisha trouxe bananas e mamão do pomar. Simone pegou o bornal com a medicação e abraçou Aisha por um longo tempo. Ela queria falar, mas de sua boca não saía qualquer som. Fez um esforço e, meio engasgada, disse:

— Dona Aisha, só pela cor do rostinho da minha filha, já deu para perceber que ela está melhor.

— É mesmo. Ela passou bem a noite toda. Não teve febre.

— A senhora deve estar morta de sono!

— Nem tanto, dona Simone. Mais tarde eu tiro uma soneca.

— Vamos tomar café? — disse Mayra enquanto colocava a mesa.

Sérgio, que já estava começando a preparar o carro para acolher a filha, entrou na casa e disse:

— Ô Mayra, muito obrigado. Um cafezinho vai bem, ainda mais cheiroso como está!

O casal tomou café e comeu uma banana cada um, de pé mesmo. Luana não quis nada. Com um nó na garganta, Sérgio interrompeu o silêncio:

— Dona Aisha, vou ser grato a senhora por toda a vida, toda vida, mesmo!

Colocando a xícara na mesa deu um abraço na delicada anciã, que sumiu entre os braços musculosos do cinquentão.

— Vem, Simone, me ajuda a acomodar a Luana aqui no banco detrás.

O olhar carinhoso de Aisha os acompanhava enquanto deitavam os bancos traseiros e os forravam com toalhas. Luana foi cuidadosamente acomodada. Tudo pronto, despediram-se da avó e da neta e deram partida no carro. Mayra e Aisha, na entrada da casa, acenaram de volta, dizendo adeus à família.

6 Encontrar sem procurar

Na Unidade de Pronto Atendimento de Rio Manso, depois de examinar Luana na emergência, o doutor Marcondes perguntou:
— Quem fez os primeiros socorros?
— Foi uma senhorinha, que mora perto de uma cachoeira — respondeu Sérgio — ela e uma jovenzinha…
— Aisha e Mayra — emendou Simone.
— Tá explicado! Não tenho mais nada a fazer! — explicou o doutor Marcondes. — Se dona Aisha cuidou, melhor não pode ficar!
— Como assim? Sério?! Não acredito! Incrível! — exclamou Sérgio, incrédulo.
— Dona Aisha é a maior raizeira da região. Eu mesmo já me tratei com ela. Imagine uma enciclopédia viva. Imaginou? Então, é ela. A filha de vocês não poderia ter sido mais bem socorrida. Eu estudei medicina, prezo muito o saber científico da nossa época, mas não podemos nos fechar, né?! Nós não inventamos a ciência. Desde que o mundo é mundo, o ser humano está descobrindo coisas. Acho uma pena que o saber tradicional não tenha o reconhecimento que merece. Nós podemos unir forças. Olha a Luana. Prova viva, né?! Luana, você conseguiu ver um pouco da cobra, quem sabe a cor, ou o padrão das manchas?
— Doutor, só vi uma parte dela, e de relance. Era meio marrom, e tinha uns ziguezagues. Mas foi muito rápido. A mata era bem fechada.
— É bem provável que tenha sido a **JARARACA-CRUZEIRA** — retrucou o médico. — É uma serpente venenosa bem presente em nossa região, que mede até 1,15 metro de comprimento, mais ou menos. O veneno dela provoca dores fortes, vômitos, desmaios.

Ela pode ter tons de cinza e marrom e tem manchas triangulares pelo corpo. Talvez seja o ziguezague que você viu.

Pode ser, não tenho certeza, doutor. Doeu muito. Eu nunca senti nada igual. Mas as ervas da dona Aisha fizeram milagres.

O silêncio que tinha se instalado foi quebrado pelo comentário intrigante de Luana:

— Pai, que plumas eram aquelas? — perguntou a paciente, mais animada.

— Plumas?

Enquanto Sérgio tentava compreender o que a filha queria dizer, ela completou:

— É, quando entramos na casa da Mayra, você me carregava. Foi nessa hora que eu vi plumas flutuando pelo ar.

— Liga não, Luana, o veneno de cobra tem substâncias que podem destruir ou, às vezes, até alterar as funções vitais. Numa situação dessas a gente pode ter alucinações. Isso é supernormal. Mas não se preocupe. O perigo já passou — explicou o médico.

Voltando para casa, a família decidiu visitar Aisha e Mayra. Ao chegarem, encontraram as duas colhendo mangas no quintal ao lado da casa de taipa.

— Oi, gente — saudou Sérgio, saindo do carro, relaxado. — Estamos de partida para casa. Só que a gente não podia viajar sem dar uma passada, para agradecer de novo tudo o que vocês fizeram pela Luana e por nós. A Lu também gostaria de dar um abraço em vocês, né, filha?!

Olhando as duas com muito carinho, Luana abriu um sorriso.

Assim que se cumprimentaram, Aisha focou na bandagem da perna de Luana.

— Deixa eu dar uma olhada na menina.

Com o porta-malas aberto, Aisha colocou uma mão sobre a perna, logo acima da atadura, e outra sobre a testa de Luana. Mayra se posicionou ao lado da avó, pronta para agir, se fosse o caso. Com olhar intrigado, como se quisesse dizer algo, mas não tivesse coragem, Luana observava a casa, as mulheres, mirava tudo com curiosidade e estranheza. Não conseguindo mais se segurar, a adolescente encarou Mayra e, com a testa franzida, perguntou:

— É você a menina das plumas?

— Eu o quê?! — perguntou Mayra, um pouco desconcertada.

— Quando meu pai me carregou pra dentro da casa, acho que vi você e um monte de plumas voando ao seu redor. Parecia tão real... — respondeu Luana sem graça, tentando se explicar.

— Eu não sei de pluma nenhuma, Luana. Deve ter sido um sonho — respondeu Mayra com indisfarçável vergonha.

— É, pode ser...

— Dona Aisha, queremos deixar este presente aqui — disse Sérgio, colocando um envelope nas mãos da anciã.

— Nem pensar, seu Sérgio. Nem pensar! — recusou Aisha, sentindo o monte de notas dobradas dentro do envelope.

— Mas a senhora salvou a vida da nossa princesa. Isso não tem preço. E depois, vocês devem estar precisando de alguma coisa, sei lá... a gente sempre está precisando de alguma cois a — emendou Simone.

— O que eu fiz foi deixar as ervas e as raízes agirem. O que elas fizeram não tem preço. Eu pego o que preciso na floresta. Não compro nada. É a mata quem me dá e eu passo adiante. Não tem preço, entendeu? E não joga fora o bornal que dei pra vocês. Ainda tem de cuidar da ferida, e tomar o sumo de canarana — respondeu Aisha calmamente, interrompendo a fala de Simone.

— É que... Veja bem...

— Pai... mãe... deixa eu ficar um pouco aqui. Só uns dias? Pode? — Luana pediu com tanta doçura e carinho que os pais não sabiam como dizer não. Ainda tentaram convencê-la:

— Mas, filha, a gente precisa ir pra casa. Lá o médico fica perto, a Mone tira uns dias de férias pra cuidar de você, depois eu tiro. Acho que você ainda está meio atordoada...

— Deixa, pai. A mãe fica comigo. Depois você volta pra buscar a gente.

— Se quiser, tem espaço — comentou Aisha. Depois de oferecer hospedagem, ela e Mayra se afastaram, deixando a família tomar a decisão sozinha. De longe dava pra ver Simone gesticulando e a expressão de preocupação de Sérgio. Luana não tirava o olhar das duas, olhar cansado e profundo, como se tivesse encontrado algo que nem sabia que estava procurando. Porém, a sensação de acolhimento, de pertencimento era tamanha, que Luana simplesmente queria ficar o tempo que pudesse.

Por fim, Simone tirou as malas, Sérgio carregou a filha no colo, entrou na casa e a colocou na cama, conforme Aisha indicava:

— Dona Simone, a senhora vai dormir no sofá da sala, tá certo? A Mayra dorme no quartinho e eu durmo aqui no meu quarto, junto da Luana. Ainda quero ficar de olho na ferida.

— Sim senhora! Nem sei como lhe agradecer. No fim de semana ele vem buscar a gente. Mas, por favor, aceite algum pagamento. A gente vai comer, isso dá despesa — insistiu Simone, mais uma vez.

— Fique tranquila. Eu não pago nada pra floresta e ela me alimenta.

7 As descobertas de Luana

Acontragosto, Sérgio pegou a estrada de volta para casa. Luana nunca, nunquinha, havia pedido algo dessa forma, tão segura de si e doce ao mesmo tempo. Dirigindo, ele falava consigo mesmo tentando entender o que se passava:

— Simone saiu da roça, mas a roça não saiu dela. Até aí, nenhuma novidade. Mas, Luana? O que ela quer fazer ali? Bom, de qualquer forma, o médico garantiu que tudo está bem... Então... Está! Agora... Aisha e Mayra... que dedicação, que vontade de ajudar! Se muita gente da cidade grande fosse assim, sem ganância, se a gente tivesse mais solidariedade, talvez o mundo virasse um lugar melhor! Relaxa um pouco, Sérgio, relaxa... respira que o fim de semana foi surreal! Chegando em casa, você vai tomar um bom banho e descansar!

Na casa de Aisha, a energia era leve. Simone zanzava entre a horta e o quarto onde a filha dormia como uma pedra. Não, melhor... como um anjo, como nunca havia dormido em casa. Celular? Sabe Deus onde foi parar!

— Mãe, onde você tá? — indagou a filha mais tarde, saindo da casa, amparada nas muletas emprestadas pela UPA, para que não pisasse com a perna machucada.

— Aqui, minha filha. No fundo do jardim! — respondeu Simone, abrindo um sorriso.

Observando a mãe que mexia num canteiro, Luana prosseguiu:

— Mãe, lá na sua terra o ar é gostoso que nem esse daqui?

— É sim, Lu — respondeu Simone orgulhosa, espichando a coluna. Mas, vendo que a filha tentava se equilibrar, foi em direção a ela.

— Tem certeza de que dá pra andar? Olha lá, hein?! É pra repousar, estender a perna!

— Mãe... se eu te contar uma coisa, promete não rir?

— Claro, minha filha!

— Jura, mãe, jura de pé junto?

— Meu Deus, Luana, o que foi?

— Shhh... fala baixo, mãe... Seguinte: quando o pai me carregou e colocou na mesa, senti uma coisa superestranha. Eu sei que você vai dizer que era apenas alucinação causada pelo veneno da cobra. Para mim, não importa. Fui eu que vi, não foram vocês. O que vi foi tão real que ainda posso sentir agora. Pareciam plumas que levitavam e dançavam à minha volta, como se estivessem vivas em um estranho ritual. Tinha uma pessoa junto. Sua pele era linda, de seda, e ela usava tranças africanas, daquelas que a gente vê nos filmes. Ela andava tranquila entre as plumas. Era jovem e velha ao mesmo tempo, e seu olhar... sei lá... não posso explicar. Era um olhar de quem sabe coisas que a gente não sabe, entende?

— Filha, sinceramente, não sei o que te dizer. E se for uma coisa especial, um dom, qual o problema? A vida é cheia de mistérios.

Simone olhava para a Luana com uma serenidade diferente da correria habitual, das conversas rápidas nos engarrafamentos, entre um e outro compromisso: inglês, academia, salão, shopping...

— Sabe, Lu, quando eu morava no Tocantins, tinha muita raizeira, como dona Aisha. Elas é que cuidavam da saúde de quase todo mundo. Tudo o que posso dizer é que muitas pessoas recorriam a elas com grande confiança. Depois, me mudei pra cidade grande e esqueci dessas coisas. Esse povo que vive mais perto da natureza tem muita sabedoria. De qualquer forma, minha filha, você quis ficar. Deixa esse lugar, elas duas, a energia daqui, deixa esses dias te mostrarem o que for pra mostrar.

Luana deu um beijo na mãe e entrou. Estava cansada e queria deitar novamente. Simone recebeu aquele gesto como se fosse o maior presente do mundo. Dentro de casa, em vez de ir direto para a cama, ela foi em direção à mesa. Lá, uma pilha de papéis de todo tipo: A4, de pão e até de embrulho, estava organizada. Luana começou a folheá-los. Seus olhos se acenderam.

— Que desenhos lindos! Coisa de artista — pensou alto. Raízes, flores, folhas, árvores, tudo desenhado a lápis, da forma mais detalhada possível, como ela nunca havia visto antes.

— Gosto de desenhar, desde criança. Desenho até nas portas aqui de casa. Não reparou, não? — disse uma voz atrás dela.

Luana virou-se e, pela primeira vez, viu Mayra com outros olhos. Ela não era apenas a ajudante da avó, mas uma adolescente com personalidade própria. Dela emanava muita força. Durante a crise, percebeu que havia alguém ajudando, ágil e gentil, mas não tinha conseguido focar nela. Agora, sim.

Mayra segurava um cesto de palha cheio de legumes e foi preparar o almoço, sem se esquivar das perguntas:

— Onde aprendeu a desenhar bem desse jeito?

— Não sei, Luana. Aprendi fazendo.

— Impressionante, Mayra. Vi uns desenhos assim na escola, na aula de Biologia. Só que não eram tão lindos.

— Obrigada. Aprendi algumas coisas na escola, as outras fui aprendendo a cada dia. Às vezes sozinha, outras com a comunidade ao nosso redor e muitas com a minha avó. Tenho muita sorte, ela sabe tudo de plantas. Me ensinou que a floresta é viva e que a gente pode aprender muito com ela.

Enquanto conversavam, as duas se observavam discreta e mutuamente. Luana não parava de admirar a destreza de Mayra ao cortar os legumes com rapidez e segurança. Mayra espiava de canto de olho o esmalte azul e os anéis de Luana. Ela nunca tinha pintado as unhas. Vendo as de Luana, com dedos finos, aqueles anéis de prata, o azul cintilante… de repente ela teve vontade de se ver da mesma forma e pensou: "Será que ficaria mais bonita?".

Enquanto se admiravam, a dinâmica era bastante interessante: Luana, arregalava os olhos, via a agilidade de Mayra na cozinha e imaginava quanto tempo de treino precisaria para fazer igual. Mayra, por sua vez, diminuía automaticamente os movimentos quando levava a sua atenção para o jeito de Luana se vestir, se enfeitar, as cores que usava, as roupas. O esmalte então, que lindo! Quando os olhos das duas se cruzavam, sorrisos se abriam. Depois, Mayra continuava seu trabalho.

De uns tempos para cá, sempre que ia com Aisha à cidade vender as garrafadas, comprar alguns mantimentos, Mayra reparava nas lojas de produtos de beleza, nos esmaltes, batons, presilhas para os cabelos e pensava: "Será que ficariam bem em mim? Que cor combina com meu tom de pele?". Estes e outros pensamentos passeavam pelo imaginário da pré-adolescente que até então não se via usando "essas coisas de moça". Essa expressão era usada com frequência pela avó sempre que Mayra conversava com ela sobre os objetos vistos em Rio Manso.

Aisha, por sua vez, nunca teve a intenção de impedir que a neta se enfeitasse. É que ela achava que a infância estava ficando cada vez mais curta, que muitas crianças eram estimuladas a consumir produtos industrializados cada vez mais cedo, e que sobrava pouco tempo e espaço para brincadeiras tão valiosas como subir em árvores ou jogar bola de meia.

De repente, um comentário de Mayra quebrou o silêncio:

— Não fica muito tempo de pé, Luana. A pressão na ferida aumenta.

— Tá legal. É que eu tô impressionada de te ver fazendo tudo isso.

— A comida?

— Tudo, Mayra. Você tem a maior prática.

— Cozinho com minha avó desde pequena. Presto atenção para não me machucar. Sei proteger meus dedos da faca, da panela quente. Agora, esse seu esmalte é incrível!

— Você gostou?

— Adorei. Ah... tenho de fazer mais sumo de canarana que a avó pediu. Tá quase acabando.

— E como foi que ela aprendeu tudo o que sabe? — perguntou Luana, intrigada.

— Um pouco com a mãe dela — respondeu Mayra, acendendo o fogão à lenha.

— Mas ela também conversa muito com as plantas. Isso ajuda na hora de preparar as coisas, né?

— Ah... nessa eu não acredito. Como é que pode conversar com planta?

— Podendo! Minha vó diz que quando você sabe falar com elas, elas te contam seus segredos. Agora, Luana, olha só... não fica muito tempo em pé não, que força o lugar da ferida.

— Tá certo, vou me deitar. Posso levar seus desenhos? Quando é seu níver? E o que você vai fazer de almoço??

Sorrindo, Mayra respondeu a todas as perguntas de uma vez:

— Pode sim. Faço treze anos em agosto. Surpresa!

— Caramba! Eu tenho treze e não sei fritar um ovo. Ai que vergonha...

— Nossa... e quem cozinha pra você? — perguntou Mayra, sem cerimônia.

— A Zulmira, nossa secretária. Meus pais trabalham fora e não dá tempo — respondeu Luana, enquanto fazia uma seleção de desenhos para levar para a cama.

— Aqui dá tempo pra tudo. Minha avó foi quem me ensinou a cozinhar. Ela diz que a comida tem de ser fresca e bem-feita, que aí quase não precisa de remédio. E pode deixar, Luana, que eu levo os desenhos pra você. Com as muletas fica difícil, né?

8 Feijoada do Cerrado

A manhã continuou de forma tranquila. Aisha, que tinha saído cedinho para buscar ervas na mata, chegou bem na hora do almoço. As quatro experimentaram a comida preparada por Mayra.

— Luana, minha filha, você sabe o nome do prato que está quase lambendo?

— Não, mãe, não faço a menor ideia. Mas está uma delícia!

— Ele se chama matula, Luana — emendou rapidamente Mayra. — Já ouvi algumas pessoas chamarem a matula de feijoada do Cerrado. É um prato bem simples de se preparar. Eu pego feijão branco, carne de sol, linguiça, toucinho, lombo, açafrão e mandioca. Cozinho tudo na banha de porco. Depois, ponho tomate, abóbora e uma paçoquinha.

— Paçoquinha? O que é isso? — indagou Luana, atenta.

— É essa farofa que você tá vendo aí — apontou Mayra com o indicador.

— E isso aqui? — continuou Luana a interrogar, com a testa franzida.

— É uma carne frita e conservada na banha de porco, respondeu Simone, suspirando — Ai... que saudades da minha terra!!!

— Tá tomando sumo de canarana direitinho? — perguntou Aisha durante a refeição.

— Estou — respondeu Luana. — É bem amargo. Mas toda hora tomo um golinho, como a senhora mandou.

Satisfeita, com a resposta e com a matula, Aisha completou:

— Que bom. Continua, viu?! O gosto não é lá essas coisas, mas não vai deixar veneno por dentro.

— Sim, senhora! — concordou Luana.

Depois da refeição, chegou a hora de trocar as ataduras. Todo mundo foi para o quarto. Aisha assumiu a tarefa com maestria.

— Está doendo, Luana?

— Só um pouquinho, dona Aisha, mas dá pra aguentar numa boa.

— Isso é o jambu que eu coloquei em volta, é um anestésico. Que bom que você não está sentindo dor.

Aisha continuou a troca enquanto as meninas conversavam.

— Mayra, posso tirar fotos dos seus desenhos? Te juro, nunca vi nada igual. Você é uma artista. Posso postar nas minhas redes sociais? — Luana perguntou enquanto observava Aisha cuidar da ferida.

— Pra quê? — perguntou a adolescente quilombola.

— Pra quê, o quê? — indagou a menina da cidade grande.

— Pra quê mostrar meus desenhos numa rede social? Será que as pessoas vão saber que plantas são essas?

— O pessoal da cidade só sabe o que é farmácia, né?! — provocou Simone, sorrindo.

— Dããã... Menos, né, mãe?! Na realidade... minha intenção é mostrar as duas coisas: para que servem as plantas e a beleza dos desenhos da Mayra — completou Luana.

— Não repara o comentário não, menina... — disse Aisha. Mas, mostrar por mostrar, sem dizer pra que é que serve, não faz sentido. Cada desenho da Mayra representa uma planta, uma raiz que eu uso pra curar as doenças. Eu não vou durar muito. Ela precisa saber das coisas, porque depois é ela quem vai cuidar das pessoas, e ainda falta muito. Eu nem acho que precisa desenhar tanto, mas, se ela gosta, se aprende direitinho, tá certo. Cada um do seu jeito.

— Dona Aisha, vocês nunca vão pra cidade? — questionou Luana.

— De vez em quando a gente vai vender as garrafadas, os chás na feira, que de um pouco de dinheiro nessa vida todo mundo precisa.

— Mas aquilo não é uma cida…

— Luaaaaana! — ralhou Simone.

— Ai, mãe, que foi?

— Deixa a menina falar, dona Simone — sugeriu Aisha.

— Você tem razão. Rio Manso é pequeno, mas tá bom. A gente não gosta muito de cidade grande. Lá tem muito veneno, mais do que a cobra que te picou. Aliás, ela só fez isso porque ficou com medo de você e se sentiu ameaçada. Já na cidade grande, o veneno vem da língua de alguns seres humanos, da inveja, da violência gratuita, da ganância. Esses venenos as plantas não curam. Por falar nisso, a gente vai preparar um monte de garrafadas esta semana, quase não tem mais! Se você quiser aprender pra que as plantas servem, Mayra já conhece bastante e pode te ensinar.

Pela primeira vez Simone via Luana ficar sem uma resposta na ponta da língua e, pasma, imaginava onde estava a adolescente que vivia grudada no celular, fazendo "selfies" cada vez que comia um hambúrguer.

— Quero sim, dona Aisha. Obrigada! — agradeceu Luana.

E assim se passaram os dias. As quatro trabalhando nos canteiros. Luana aprendeu que terra não é sujeira pra ficar lavando a mão o tempo todo, passando creme depois. E nem foi preciso que Mayra ou Aisha dissessem pra que serve tal ou tal planta. Luana tomava a iniciativa:

— O que é isso? O que é aquilo?

Algumas coisas, Simone sabia, e até respondia, orgulhosa da sua infância na roça. Celular? Só mesmo para dizer a Sérgio que tudo ia bem.

Até que chegou o fim da última tarde e as quatro se encontraram ao pé da mangueira, onde Aisha começou a trançar os cabelos de Mayra. Aisha não gostou muito quando Luana chegou com seu celular e começou a fotografar a cena. Mayra reagiu de outra forma: Adorou! Ela se abriu em sorrisos e até fez algumas poses.

— Shhh!.. Vê se para quieta, menina!

De repente, quem parou foi Luana.

— É ela, a jovem entre as plumas! — balbuciou incrédula.

E olhando para a mãe bem nos olhos afirmou:

— Eu não disse? Eu tinha razão, eu tinha razão, não era alucinação. Foi a Mayra quem eu vi entre as plumas com aquele olhar de quem tudo sabe. É ela mesmo, não tenho dúvida.

Mayra e Aisha se entreolharam, sem dizer nada.

Até então Luana só tinha visto Mayra de cabelos presos. Ao soltá-los, suas tranças adquiriram movimento e Luana começou a entender sua visão.

— Não era alucinação, nem sonho. Era Mayra quem estava na minha visão.

Lentamente, Luana abaixou seus braços, parou de tirar fotos e aconchegou-se ao lado das duas. Simone não cansava de admirar a cena.

As palavras não se fizeram necessárias. Simone se deitou junto a elas. Estava coberta de terra de cima a baixo. Fechou os olhos e ficou ali, absorvendo aquele momento.

— Amanhã seu Sérgio vem buscar vocês — disse Aisha depois de um tempo.

— Dona Aisha, e se eu viesse aqui de vez em quando? — perguntou Luana.

— Claro que pode! — respondeu Mayra pela avó.

Aisha arregalou os olhos. Sabia que apesar de sua neta ser uma menina capaz de tomar iniciativas, salvar uma vida sem pensar duas vezes, no geral, quando não conhecia bem as pessoas, costumava ficar tímida.

— É que eu gostei muito daqui. Tenho um professor de biologia, sensacional! Ele fala muito da importância da natureza. Hoje li um monte sobre muúba, surucuína, erva-de-bugre na internet. Até que a conexão estava boa. Incrível! Aí, eu podia vir com ele e com um pessoal da feira de ciências e fazer um trabalho sobre as plantas que a senhora mistura.

— Nossa, vó, que legal!

— Quem sabe, né?! Precisa perguntar pros pais dela primeiro — comentou discretamente Aisha, continuando as tranças.

9 Sinfonia do silêncio

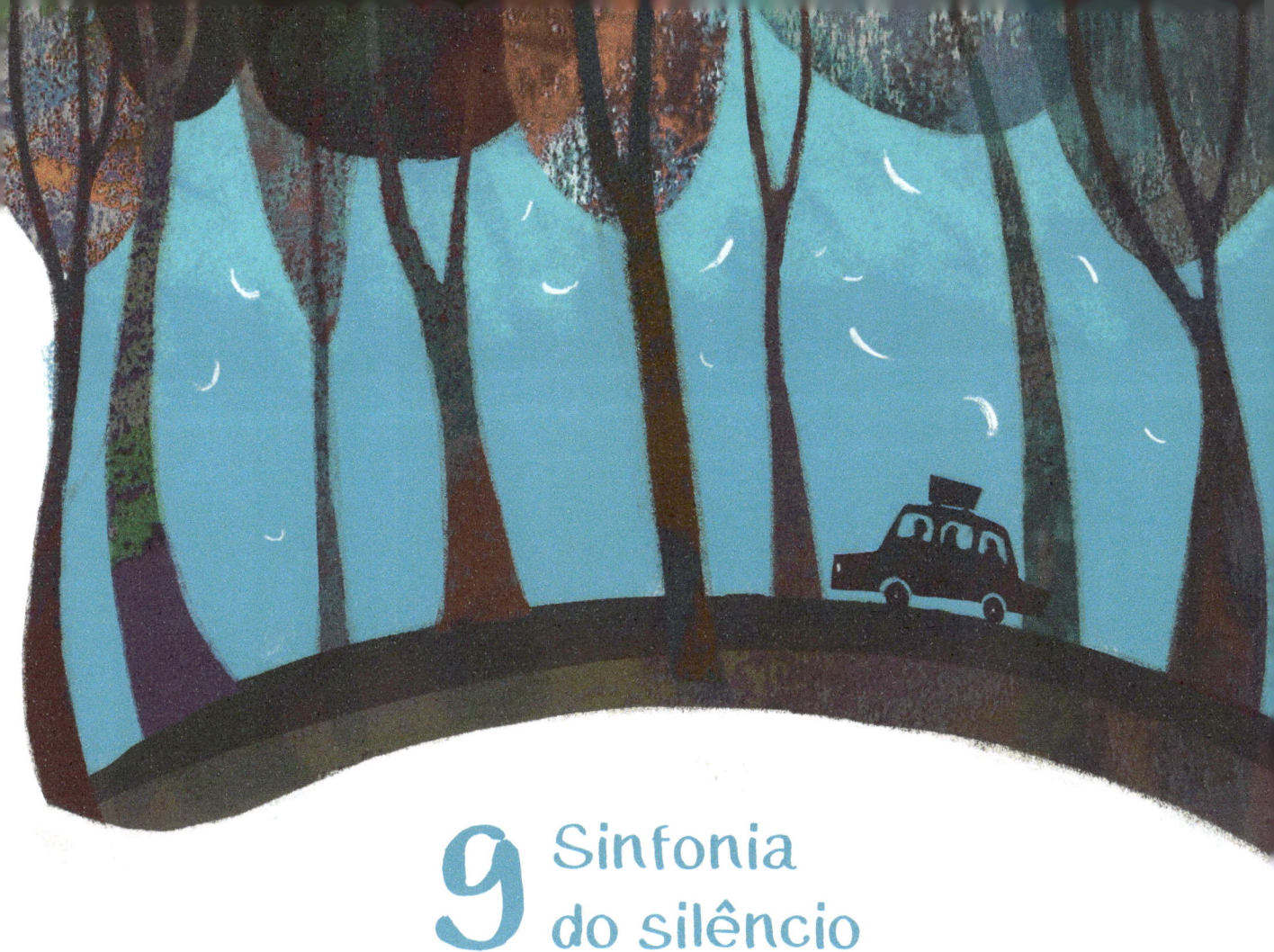

Sérgio contava cada segundo para chegar a Rio Manso. Ainda era cedo quando ele decidiu partir e passar o domingo com elas, para, de tardinha, trazer Simone e Luana de volta.

— Luana ainda precisa de um tempo pra repousar. Amanhã a gente decide, se ela pode ir pra a escola. — Enquanto dirigia, ele conversava consigo mesmo para se acalmar.

A viagem foi tranquila.

— Mais 10 minutinhos e abraçarei minhas princesas! — exclamou.

Ao ouvirem o barulho de um carro, as quatro foram para a frente da casa carregando cestos de legumes e frutas. Luana manquitolando, apoiada nas muletas, foi em direção ao pai e o abraçou com toda força.

Sérgio se emocionou ao ver que a filha estava ótima.

Simone veio atrás e beijou carinhosamente o marido.

— Fez boa viagem, meu amor?

— Demais! Vim tranquilo. A saudade foi grande!

Simone sorriu de volta e, com Luana, entrou na casa, para preparar as coisas para a partida.

Aisha e Mayra ajudaram Simone a carregar a bagagem. Em poucos dias, mulheres de idades diferentes foram unidas por uma força maior, a da mãe natureza que as embala com seus mistérios e sonhos.

Simone e Luana entraram no carro. Olhares cúmplices diziam tudo. Estava presente o sentimento de troca, de gratidão, de certeza de que essa ligação continuaria depois e depois... elas apenas acenaram. Foi o silêncio mais sonoro que aquela mata já havia presenciado.

Acomodando a bagagem, preparando o carro, Sérgio pensava o que seria de todos eles a partir de agora.

Como experiências na cidade seriam encaradas com as lições de Mayra, Aisha e a floresta viva?

Tudo indicava que novos desafios os esperavam. Nada mais seria como antes. Ele sabia o quanto a vida de sua filha e de todos que viveram aqueles momentos tinha sido transformada, e para sempre.

Quem somos

ADRIANA KORTLANDT

Nasceu em 1963, no Rio de Janeiro. Estudou alguns semestres de Antropologia. Formou-se em Psicologia e especializou-se em terapia do trauma. Publicou alguns livros: Almagesto — Contos anímicos; Fios da Memória — um guia para escrever de si (em parceria com Helena Silveira); A casa da vida; Sou confiável — reflexões sobre a autocorrupção (em parceria com Fauzi Mansur); O refúgio das borboletas; Outro lugar na Solidão (em parceria com Marcos Linhares e Marcelo Capucci); Mosaico do Negacionismo (em parceria com Marcos Linhares). Durante anos, Kortlandt escreveu para vários jornais, hoje tem uma coluna no Jornal de Brasília: Olhar PSI, que é publicada às segundas-feiras.

MARCELO CAPUCCI

Nascido em Brasília, mudou-se para Uberaba/MG aos 14 anos de idade. O atual baterista da banda Plebe Rude começou sua carreira musical em 1991, no Conservatório Estadual de Música Renato Frateschi. Compartilhou sua 'prática baterística' com crianças, interessando-se pela formação de pessoas. Em 1997, voltou à terra natal e na Universidade Católica cursou Pedagogia. É Professor efetivo da Secretaria de Educação do Distrito Federal. Pós Graduado em Educação Ambiental, com foco em Desenvolvimento Sustentável, pela Universidade Gama Filho. Iniciou sua trajetória literária em 2015, com o lançamento de seu primeiro livro "Faço, Separo, Transformo..." escrito em parceria com o jornalista Marcos Linhares.

MARCOS LINHARES

Marcos Linhares é jornalista biógrafo e escritor. Autor de 16 livros, entre poesia e prosa. Ganhou em parceria com Marcelo Capucci, em 2016, em Los Angeles (EUA), o International Latino Book Awards. Atualmente, coordena a programação cultural da BDB, preside o Sindicato dos Escritores do DF, faz a curadoria literária e integra o Comitê Gestor da Feira do Livro de Brasília (FeLiB).

ANDRÉ CERINO

André Cerino é Pernambucano de Recife e mora em Brasília-DF. É artista plástico, escultor, ilustrador, caricaturista, chargista, artista gráfico e compositor. Ilustrou livros infantis de vários autores e editoras. Como artista, já ganhou vários prêmios nacionais e internacionais. Tem uma galeria de arte em Brasília, onde expõe seus trabalhos. Foi o artista visual homenageado na FeLiB - 35ª Feira Literária de Brasília. Ama a natureza e adora ilustrar livros infantis.

GUSTAVO CORDEIRO

Bacharel em Comunicação Social, jornalista e diretor da empresa de comunicação Tutano Estratégia e Performance.

MATHEUS NISHIYAMA PEDROCA

Bacharel em biologia pela Universidade de Brasília (UnB) e mestre pelo programa de biologia animal da mesma instituição. É professor de biologia e ciências da Secretaria de Educação do DF, desde 2019, é professor voluntário de biologia no curso preparatório gratuito GALT, instituição de empoderamento de jovens de baixa renda para ingresso no ensino superior.